Verborgene Zeit

Kurzgeschichten

Von
Schülerinnen und Schülern
der Gesamtschule Oelde
mit dem Schriftsteller
Marcel Bomhof

Bibliografische Information der Deutschen Bibliothek

Die deutsche Bibliothek verzeichnet diese Publikation in
der Deutschen Nationalbibliografie; detaillierte
bibliografische Daten sind im Internet über
http://www.dnb.de abrufbar.

Umschlag:
Marcel Bomhof

Printed in Germany
Druck:
mmXpress
Steinfurter Str. 130
48149 Münster
Germany

ISBN 978-3-943669-30-5

INHALT

Vorwort 13

Die Brosche 15

Otte und ich 25

Tanz der Liebe 33

Das grauenhafte Ereignis 41

Unvergessliche Zeiten 45

Super nette Nachbarn 53

Dort oben 63

Bleib doch hier 71

Wie alles begann 79

Die Strafe der Nonne 85

Der Silvesterabend 93

Jule Grewer

Charin Lütke-Besselmann

Emely Unrau

Amelie Eifler

Jana Steinbicker

Marie Schmidt

Lutz Oßenbrink

Sabine Kanigowski

Jolina Rüschhoff

Henrike Hoppe

Lisa Lengenfeld

Ezra Cetinkaya

David Weinert

Hannah Dickmann

Nora Schmidtke

Viktoria Wieder

Neele Mathy

Lucy Wiesejahn

Celine Siemens

Jolina Panreck

Juliane Nienaber

Anna Janzen

Eric Riffel

Helena Tewes

Laureen Peternathe

Emily Ickert

Jana Mandelkow

Mathis Bartsch

Viktoria Knaus

Michelle Beckstedde

Isabel Teckentrup

Sophie Lohmann

Mia Süß

Laura Druffel

Maya Stahlschmidt

Celina Libor

Jean Verlag

Carmen Pop

Sina Rickmann

Joel Brysch

Dank

Den Erzählerinnen und Erzählern der ambulant betreuten Wohngemeinschaft St. Franziskus in Oelde dankt die Gesamtschule Oelde für die ausführlichen Gespräche mit den Schülerinnen und Schülern über Lebensereignisse.

Vorwort

Verborgene Zeit – verlorene Zeit?

Mit dem Motto „Verborgene Zeit" haben sich Schülerinnen und Schüler der Gesamtschule Oelde unter Anleitung ihres Lehrers Marcel Bomhof mit den Erfahrungen und Erlebnissen von Senioren beschäftigt.

Sie haben in Gesprächen mit den Senioren damalige Geschehnisse und die damit verbundenen Empfindungen recherchiert und in eigene Geschichten umgesetzt. Viele Erzählungen drehen sich um Krieg und Vertreibung, um Entbehrungen und Armut in der Nachkriegszeit, um Krankheit und um Verluste in schweren Zeiten. Diese Erfahrungen aus der verborgenen Zeit sind in einen Generationen übergreifenden Dialog zu Tage gefördert worden. Sie dürfen niemals verloren gehen – sie als Mahnung zu bewahren, leistet dieses Buch einen wichtigen Beitrag.

Es gibt jedoch auch Geschichten über Zuneigung, über erste Liebe und über die Schmetterlinge im Bauch, die mit diesen Erfahrungen einher gehen. Diese Geschichten unterscheiden sich kaum von aktuellen Beschreibungen: Manches ändert sich nie. Auch dies ist eine Erkenntnis aus der „Verborgenen Zeit", die nicht verloren gehen sollte.

Marcel Bomhof hat mit seinen Schülerinnen und Schülern erneut Erstaunliches erschaffen. Erstaunlich ist nicht nur, dass solch junge Schüler Texte dieser Qualität schreiben können, sondern auch die humane Botschaft, die aus ihnen spricht.

Ich freue mich auf das dritte Buch.

Michael Jütte
(Schulleiter der Gesamtschule Oelde)

Die Brosche

Charlin Lütke-
Besselmann

Emely Unrau

Jule Grewer

Jana Steinbicker

„Es ist endlich vorüber!", sagte ich voller Freude, als der Krieg vorbei war. Vieles war zerstört. Unser Haus war zwar noch benutzbar, aber in der oberen Etage konnte keiner mehr wohnen. Das Dach hatten die Bomben stark durchlöchert. Wir saßen alle am Küchentisch, nur mein Vater war noch nicht aus dem Krieg zurückgekehrt. Als ich fragte, wann er zurückkommt, antwortete meine Mutter mit trauriger Stimme: „Der Postbote war heute da und brachte uns einen Brief. Darin steht, dass dein Vater ein tapferer Kämpfer war, aber er hat die letzte Schlacht nicht überlebt."

Jana

Sie legte mir den Brief hin, den sie aus der Besteckschublade im Küchenschrank geholt hatte. Sie weinte und ich fing auch an zu weinen und ging in mein Zimmer. Ich schaute mir die fünf Fotos von meinem Vater und mir an und legte sie dann wieder in das Schatzkästchen, das ich von ihm bekommen hatte. In dem Moment dachte ich an meine Oma, die ja ihren Sohn, meinen Vater, verloren hatte. >Wie schlecht es ihr jetzt geht … ich müsste mich viel mehr um sie kümmern. Sie war wie immer ganz lieb. Aber in der letzten Zeit war sie ganz vergesslich geworden und wusste dann meist nicht mehr, was sie gerade tun wollte. An manchen Tagen erzählte sie immer wieder die gleiche Geschichte.

Emely Unrau

17

Am Abend konnte ich nicht einschlafen, da ich zu viele Gedanken in meinem Kopf hatte. Auf einmal hörte ich Schritte und die Haustür laut zufallen, so dass ich zusammenzuckte. Das musste meine Oma sein! Ich war mir ganz sicher. Sie ging abends oft zu ihrem alten Haus. Denn sie dachte, dass sie dort noch mit meinem Opa wohnt. Doch er war schon tot, bevor ich auf die Welt gekommen war. Eigentlich wollte ich ihr hinterhergehen, aber meine Augen waren so schwer, dass ich einschlief.

Am nächsten Morgen wurde ich von meiner Mutter geweckt. Sie stand aufgeregt vor meinem Bett, weil meine Oma verschwunden war. Da fiel mir alles wieder ein. Ich dachte an meinen Vater, die Oma und daran, dass ich gestern hinter ihr hergehen wollte. Ich erzählte das meiner Mutter. Wir liefen sofort zu dem alten Haus von meiner Oma und gingen hinein, doch wir fanden sie nicht. Wir suchten verzweifelt in allen Ecken. Schließlich fanden wir sie hinten im Garten auf einer Bank, die mein Opa selbst gebaut hatte. Sie guckte einfach nur geradeaus. Meine Mutter und ich gingen langsam auf sie zu, damit wir sie nicht aus ihren Gedanken rissen. Oma Elisabeth schaute uns mit erschrockenem Blick an und fragte uns: „Was wollen Sie in meinem Garten? Wer sind Sie?"

„Oma, ich bin es doch, Lotta!", sagte ich traurig.
„Was wollt ihr denn von mir?", fragte meine Oma
uns mit zitternder Stimme. Da sagte meine Mutter:
„Komm, wir gehen jetzt erst mal nach Hause!"
Doch Oma sagte: „Hier ist mein Zuhause!"
Nach längerer Zeit gelang es meiner Mutter, meine
Oma zu überreden, mit uns zu kommen. Dann
gingen wir gemeinsam zurück. Als wir angekommen waren, fiel ihr wieder ein, wer wir waren. Am
Abend saß sie in ihrem Sessel und schaute traurig
nach draußen. Ich fragte sie, was los sei. Doch sie
antwortete nicht.
Am nächsten Morgen wachte ich durch ein sehr
lautes Klopfen auf. Ich schaute auf den Kalender
und sah, dass Mutter und Oma schon beim Arzt

sein mussten. Ich ging langsam zur Tür und öffnete sie.

Vor mir standen furchterregende, große Männer. Jeder hatte eine blaue Uniform an und einen schwarzen Hut auf. Einer hatte eine Narbe über dem linken Auge und guckte mich grimmig an. Ich erschrak! Er fragte mich mit dunkler Stimme: „Bist du alleine zu Hause?"

Ich antwortete ängstlich: „Ja, meine Mutter ist mit meiner Oma beim Arzt! Warum fragen Sie?"

Sie gaben mir keine Antwort. Plötzlich gingen sie drohend auf mich zu und schubsten mich weg. Durch den kräftigen Stoß stolperte ich und fiel mit meinem Hinterkopf auf die erste Treppenstufe, so dass ich eine kurze Zeit bewusstlos war. Als ich langsam wieder zu mir kam, sah ich die Männer mit unseren wertvollsten Dingen weggehen.

Bald kam auch schon meine Mutter mit meiner Oma ins Haus. Sie sahen mich besorgt an und halfen mir hoch. Ich erzählte ihnen alles, was passiert war, und besonders von den zwei großen Männern. Meine Mutter kümmerte sich um meinen Kopf und klebte ein Pflaster auf die Wunde.

Am Abend saßen wir am Küchentisch und überlegten, was wir jetzt ohne unsere Sachen tun sollten.

„Geh jetzt ins Bett, es ist schon spät. Wir können morgen weiterschauen!", sagte meine Mutter hoffnungslos.

Jule Grewer

Am nächsten Morgen waren wir schon früh auf, um in die Kirche zu gehen. Auf dem Weg zur Kirche blieb ich stehen, weil mich ein helles Funkeln auf der Wiese blendete. Meine Mutter fragte, warum ich stehen blieb. Ich antwortete ihr nicht und rannte schnell zu dem glänzenden Ding. Als ich nah genug dran war, sah ich, dass es die Brosche meines Vaters war. Sie hatte seiner Patentante gehört. Ich hob sie auf und zeigte sie meiner Mutter. Sie staunte: „Die muss wohl einer der Männer verloren haben! Jetzt gehört sie dir."

Nach der Messe gingen wir froh nach Hause. Als wir ankamen, legte sich meine Oma erschöpft in den Sessel, ich ging zu ihr. Plötzlich sagte meine Oma zu mir:
„Pass gut auf die Brosche auf, dein Vater hat sie sehr geliebt!"

Ich sagte zu ihr: „Ich denke, dass die Brosche bei dir am besten aufgehoben ist, immerhin gehörte sie deinem Sohn!", und legte ihr die Brosche in die Hand. Sie schaute die Brosche an, lächelte kurz und schloss dann ihre Augen.

Otte und ich

Viktoria Wieder

Nora Schmidtke

Eric Riffel

Emily Ickert

Anna Janzen

„Otte, da bist du ja endlich, komm, wir gehen in die Klasse!"

Als wir, mein bester Freund und ich, im langweiligen Deutschunterricht saßen, geschah es. Der dicke muskulöse Schulleiter platzte mit einem düsteren Blick herein und rief mich mit ein paar anderen Schülern auf. Er sagte vor der ganzen Klasse, ohne Rücksicht auf uns zu nehmen, dass ein Teil von uns in einer Woche nach Passau verschickt würde. Ich war auch dabei.

Alle schwiegen, bis auf einen Jungen, der seinem Freund ins Ohr flüsterte: „Das ist die grässliche Kinderverschickung. Warum lässt er das denn zu?"

Keiner wagte seine Meinung zu äußern, da wir sowieso nichts dran ändern konnten. Mir war ganz schlecht.

Als wir dann endlich nach Hause durften, ging ich mit Otte in Richtung unseres Bauernhofes. Auf dem Weg platzte ich vor Wut und rastete aus. Ich schrie so laut, dass die Vögel, die auf dem Baum über mir saßen, wegflogen.

Otte erkannte mich gar nicht wieder und schrie mich entsetzt an: „Beruhige dich doch erst mal. Ich weiß doch, dass es nicht leicht für dich ist, allein weggehen zu müssen. Aber sich darüber so aufzuregen, macht es auch nicht besser!"

Ich wusste zwar, dass mein Freund recht hatte. Doch ich konnte es noch nicht ertragen.

„Ich will doch auch nicht, dass du gehst, lass uns einfach noch diese Woche genießen und versprich mir, dass wir für immer Freunde bleiben, okay?"

Ich versprach es und fühlte mich nicht mehr ganz so elend. Wir verbrachten noch eine schöne Woche zusammen. Blitzschnell war die Woche dann vorüber. Als ich schweigend mit meiner Mutter meinen Koffer packte, hatte ich ein komisches Gefühl im Magen.

Wenig später brachten mich meine Eltern zum Bahnhof und alle anwesenden Kinder mussten

27

lange warten, bis der Zug kam. Es waren viele Soldaten im Zug, die uns begleiten sollten. Mit ihren ernsten Blicken und ihren lauten Befehlen machten sie mir Angst. Ich verkroch mich im Arm meiner Mutter, die anfing zu weinen. Es wunderte mich, dass Otte noch nicht da war, um mir auf Wiedersehen zu sagen. Ich hoffte, dass er noch rechtzeitig kommen würde.

Unerwartet ertönte eine verzerrte Stimme aus dem Lautsprecher: „Bitte setzen Sie sich auf Ihre Plätze!" Ich versuchte, noch Zeit herauszuschlagen und auf meinen Freund zu warten. Der nächste Soldat aber packte mich mit seinen harten Händen am Nacken und schob mich in den Zug. Das Abteil war gedrängt voll. Ich hatte kaum Platz am Rand der Holzbank. Jetzt wurde mir klar, dass ich nicht damit rechnen konnte, in absehbarer Zeit wieder zurückzukommen. Ob ich Otte und meine Familie überhaupt wiedersehen würde? Ich schaute aus dem dreckverschmierten Fenster. Draußen begann es in Strömen zu regnen. Der dreckige Boden im Waggon wurde an vielen Stellen nass.

Der rote, ziemlich rostige Zug setzte sich in Bewegung, man hörte das Quietschen und das Geklapper der Schienen. Aus dem Fenster guckend, erkannte ich einen klitschnassen Jungen, der so stark atmete, dass Atemwolken aus seinem Mund kamen. Der Junge blieb stehen und wandte seinen Kopf in meine Richtung. Auch wenn ich ihn nur einen Teil einer Sekunde sah, spürte ich, dass es Otte war. Ich erkannte seine strahlend grünen Augen. Ich hätte zu gerne Otte in den Arm genommen, aber ich konnte es ja nicht mehr.

Wir fuhren einen halben Tag in diesem Zug. Wir hatten alle Hunger, das Brot von zu Hause war längst aufgegessen. Dann kam ein Soldat zu uns und forderte uns auf, unsere Jacken anzuziehen und unser Gepäck zu nehmen, weil wir gleich ankämen.

Anna Janzen

Am Bahnhof mussten wir alle aussteigen und zu Fuß zum Hafen gehen. Über dem Wasser am Hafen flogen dichte Schwärme von Möwen und ihr Geschrei machte mich noch mutloser als vorher. An der Anlegestelle war der Fischgestank unerträglich. Es war, als ob alle Fische im Hafenbecken tot wären und jetzt verfaulten. Immer zehn Kinder wurden mit einem Soldaten in ein Boot gesetzt. Die Boote sahen sehr alt aus und die Fahrt war auch nicht ohne, denn sie hat gut fünf Stunden gedauert. Es kam mir vor wie eine Ewigkeit. Es war eiskalt und wir hatten keine Decken, geschweige denn etwas zu essen. Während der Fahrt bin ich zweimal fast aus dem Boot gefallen, weil ich eingeschlafen war, der Soldat packte mich und zog mich zurück.

Als endlich der Zielhafen in Sicht war, haben wir uns alle gefreut, doch die Freude hielt nicht lange an. Denn direkt nach der Ankunft mussten wir wieder draußen warten, bis unsere Gastfamilien uns abholten.

Meine Gastfamilie bestand aus einem Ehepaar und einem kleinen Mädchen. Sie waren sofort freundlich zu mir. Der Mann trug das Gepäck für mich. Wir gingen dann ein ganzes Stück bis zu ihrem Haus, das nun mein neues Zuhause sein würde. Als wir vor der Haustür standen, nahm mich die

Gastmutter in den Arm. In diesem Moment wurde mir klar, wie sehr ich meine Familie und Otte vermisste.

Nora Schimdtke
Viktoria Wieder

Viele Jahre sind vergangen. Meine Familie hat den Krieg nicht überlebt und in meine alte Heimat konnte ich nicht mehr zurück.
Nun saß ich im Seniorenheim in Oelde und trank gemütlich meinen Kirschtee, als plötzlich ein alter Mann in der Tür stand. Ich sah ihn an. Sofort erkannte ich diesen vertrauten Blick und seine strahlend grünen Augen, ich stand auf und fragte: „Otte, bist du es wirklich?"

31

Tanz der Liebe

Juliane Nienaber

Laura Druffel

Mia Süß

Romantisch klangen Töne aus dem Lautsprecher. Sie holten mich aus meinen Gedanken, ich erkannte eine Walzermelodie. Sie lockte mich aus den Träumen von einer sonnigen Insel in der Südsee. Ich ließ mich von der Musik auf die Tanzfläche ziehen, ohne es eigentlich zu wollen, und fing vorsichtig an zu tanzen. Zuerst auf einer Stelle bleibend, trugen mich meine Füße vorsichtig nach rechts, dann nach links. Doch plötzlich stolperte ich, fiel auf den Boden. Schuld waren die Schuhe, die zwar schön aussahen, mir aber etwas zu groß waren. Eine Freundin hatte mir ihre Schuhe geliehen, weil ich nur ein Paar klobige Schuhe besaß, mit denen man nicht zum Tanz gehen konnte, ohne sich zu blamieren. Nun versuchte ich so schnell und elegant wie möglich wieder auf die Beine zu kommen. Da beugte sich ein blonder, bildhübscher, großer, junger Mann zu mir herab. Er griff mit seiner großen Hand fest, aber zärtlich nach meiner Hand und hob mich hoch. Sein Blick verzauberte mich und mein Missgeschick war wie weggeblasen.

„Ich hoffe, Sie sind nicht verletzt. Treten Sie einmal vorsichtig auf, ich helfe Ihnen sofort in den Sessel dort. Wenn Ihnen etwas weh tut, könnte ich mit Ihnen mit meinem Motorrad zum Dorfarzt fahren", sagte er besorgt.

„Vielen Dank, mir geht es gut, ich habe mich nur etwas erschreckt."

„Lassen Sie uns etwas trinken, dann geht es meist schnell wieder besser! Ich lade Sie ein! Sagen Sie bitte nicht nein!"

„Danke", sagte ich und ging mit ihm zur Theke. Ich trank einen Kaffee und wärmte meine Hände an der Tasse. Aber ich hörte nur den warmen Klang seiner dunklen Stimme und musste immer wieder seine schönen, himmelblauen Augen angucken, die freundlich jeden meiner Blicke erwiderten.

Mein Herz flatterte und ich fühlte mich tief zu ihm hingezogen. „Ist alles gut?", fragte Peter. Da verstand ich, dass auch er mir sein Herz zu Füßen legen wollte. Es war gut. Wir schauten uns in die Augen, neigten unsere Gesichter zueinander und gaben uns einen Kuss. Die Berührung war schön – wundervoll neu und doch vertraut. Er fragte dann vorsichtig, ob wir uns wieder treffen wollen. Ich lachte glücklich und wir sahen uns mit Liebe an, denn ich hatte ja zugestimmt. Er erzählte, dass seine Eltern und Geschwister in dem übernächsten Dorf wohnten, fünfzehn Kilometer von hier entfernt.

Nach zwei Tagen kam er dann zu mir, er war die Strecke mit dem Motorrad gefahren. Ich hatte seinen Besuch kaum abwarten können. In einem kleinen Café konnten wir uns nur zwei kleine Stückchen Kuchen leisten.

Die Zeit verging und unser Hochzeitstermin war gekommen. Ich trug ein weißes langes Kleid mit Schleier und einer langen, mit Perlen besetzten Schleppe. Bestickt war es mit silbernen Rosen. Dazu hatte ich eine Hochsteckfrisur mit einem Diadem im Haar. Mein Vater hielt meine Hand, als ich durch die Tür in die Kirche trat. Der Chor sang mein Lieblingslied mit dem Halleluja. Ich war überrascht und glücklich. Während ich durch den

Mittelgang schritt, standen alle auf. An den Fronten der Bänke hingen weiße Rosen. Geradeaus stand Peter im schwarzen Anzug mit einer weißen Fliege. Ich stand neben ihm, er nahm kurz meine Hand. Der Pastor fing an, die Trauungsworte zu sprechen und gab mich, Maria Müller, dem Peter Hansen zu seiner Ehefrau. Voller Glück antwortete jeder von uns beiden: „Ja, ich will."

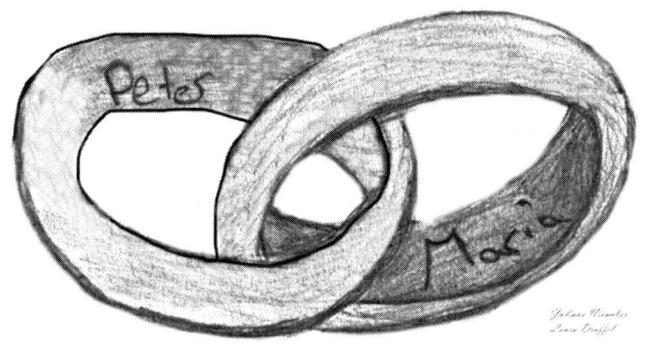

Nachdem die Trauung zu Ende war, hielt Peter mich vor der Kirchentür im Arm. Unsere Hochzeit feierten wir in der Orangerie. Es war ein fröhliches Fest. Am späten Abend zogen wir uns auf unser

Zimmer zurück, Peter trug mich über die Türschwelle.

Am Morgen lächelte mir die warme Sonne ins Gesicht. Peters Bett war leer. Da kam Peter in unser Zimmer und brachte uns auf einem dunklen Holzbrett das Frühstück. Mein Lieblingsbrot aus Vollkorn lag auf einem bunten Porzellanteller und in einem Holzbecher war kalte Milch. Die Überraschung war Peter gelungen und wir genossen unser erstes Frühstück als Jungverheiratete.

An einem sonnigen Herbstmorgen arbeiteten wir in unserem kleinen, schönen Garten. Irgendwie fühlte ich mich schlecht. Mir wurde schwindlig und ich musste brechen. Peter trug mich ins Haus und holte sofort den Dorfarzt.

Er untersuchte mich und sagte: „Ich glaube, Sie bekommen Nachwuchs."

„Sie meinen, meine Frau ist schwanger, Herr Doktor?"

„Vermutlich, aber ich bin mir nicht sicher", sagte der Arzt mit einem breiten Lächeln.

Das grauenhafte Ereignis

Celine Siemens

Lucy Wiesejahn

Jolina Panreck

Es war noch in Schlesien. Als wir mit Angst auf unseren Vater warteten, kam unsere Mutter mit Tränen in den Augen zu uns und berichtete: „Euer Vater hat den Krieg nicht überlebt!"

Als wir dies hörten, trauerten wir den ganzen Tag.

Am Nachmittag danach ging meine Mutter mit mir und zwei Schwestern zu der Gedenkfeier für meinen Vater und andere Männer aus unserer Stadt, die mit ihm umgekommen waren.

Als wir am nächsten Morgen frühstücken wollten, kamen die Polen und schrien mit eiserner Stimme: „Morgen früh muss alles gepackt sein, alle Deutschen müssen hier weg, schließlich haben wir den Krieg gewonnen!"

Wir wurden in Kutschen zum Bahnhof gebracht. Das war eine sehr holprige Fahrt. Von da wurden wir in Viehwaggons nach Westen gefahren. Wir waren acht schmerzhafte Tage unterwegs.

Als wir in Oelde angekommen waren, wurden wir mit weißem Pulver gegen Flöhe und Läuse entlaust. Danach wurden wir in ein Auffanglager gebracht. Aus dem Lager ist unsere Oma weggelaufen. Wir sahen sie nie wieder. Wir vermissten sie sehr. In der Nacht darauf konnten wir alle nicht schlafen.

Nach weiteren sechs Wochen wurden von uns neun Kindern drei Geschwister zu verschiedenen

Familien gebracht. Der Abschied fiel uns sehr schwer. Der Rest der Familie kam bei einem Bauern unter. Unsere Mutter musste ganz alleine auf dem Feld arbeiten, weil mein Vater und meine Oma nicht mehr da waren. Ich fand es nicht gut. Wir haben auf dem Feld geholfen. Für etwas leckere Milch und die Miete haben wir gearbeitet. Es war ziemlich mühsam. Damit wir fertig wurden, haben wir vor und nach der Schule gearbeitet. Es war anstrengend, jedoch hatten wir jetzt ein richtiges Zuhause und meine drei Geschwister konnten uns besuchen. Wir fühlten uns mittlerweile wohl, weil der Bauer eigentlich ganz nett zu uns war.

Doch ein paar Wochen später verschwand eine Schwester von mir. Niemand hatte sie gesehen. Wir hatten Angst, dass ihr etwas Furchtbares passiert war. Aber meine Mutter hatte große Hoffnung, dass sie noch lebte. Ohne Erfolg hatten wir alles abgesucht. Zwei Tage später fand ich meine Schwester im Schafstall wieder. Sie hatte sich in einem Haufen Stroh verkrochen.

Nachdem wir sie aus dem Stall geholt hatten, fragten wir sie: „Wo warst du die ganze Zeit?" Sie antwortete mit zitternder Stimme: „Da waren zwei schwarz gekleidete Männer, die etwas suchen ..."

Unvergessliche Zeiten

Viktoria Knaus

Michelle Beckstedde

Sina Rickmann

„Wach auf, wach auf!", weckte meine Mutter mich, „du hast verschlafen!" Schnell und noch nicht richtig wach stand ich auf, schlüpfte in meine Kleidung und zog mir die Schuhe an. In der Küche hatte Mama mir ein leckeres Rübenkrautbrot fertiggemacht. Meine Freundin Marianne wartete schon vor der Tür, um mit mir die sechs Kilometer zur Schule zu radeln. Der Weg war anstrengend. Er hatte einige Hügel. Meine Eltern besaßen wie die meisten Leute damals kein Auto, sonst hätte uns meine Mutter auch mal gefahren, zumindest bei Regen.

Mitten auf dem Weg machte es „Knacks" an meinem Fahrrad. Die Fahrradkette war gerissen und blockierte das Hinterrad. Ich fiel mit dem Fahrrad hin. Mir war nichts passiert, doch ich konnte das Fahrrad nur noch schieben. „Fahr weiter, Marianne!", rief ich ihr zu, „sonst kommst du auch noch zu spät!" Aber sie schob mit mir ihr Fahrrad bis zur Schule. Sie war eben meine beste Freundin und ließ mich nicht im Stich, bis heute übrigens.

An der Schule stellten wir schnell unsere Fahrräder ab und rannten in den Klassenraum. Herr Schmidt wartete schon vor der Tür.

Sina Rickmann

„Marianne und Dagmar, schon wieder zu spät! Das gibt Ärger!" Herr Schmidt ließ uns bis zum Ende der Stunde auf einem Bein in der Ecke stehen. Immer wenn er sich von mir wegdrehte, setzte ich mein Bein kurz auf den Boden. Wenn er das sah, bekam ich einen Schlag mit dem Stock. Marianne schaffte es auch nicht und sollte einen Schlag mit dem Stock bekommen. Herr Schmidt holte mit dem Stock aus, doch ich schubste Marianne etwas weg und legte meine Finger unter den Stock. Der Schlag tat sehr weh, doch ich wollte sie schützen.

Nach dieser Stunde hatten wir Sport. Ich mag Sport eigentlich, doch Turnen am Bock kann ich nicht gut, trotzdem gab ich mein Bestes. Meine Beinmuskeln taten mir nämlich ziemlich weh.

Unser Sportlehrer Herr Lange sagte: „Strengt euch etwas mehr an, das könnt ihr besser!"

Nach den letzten beiden Stunden schoben Marianne und ich unsere Fahrräder nach Hause. „Ich frag Mama, ob wir nachher noch ein bisschen spielen können!", sagte ich zu Marianne.

Zuhause angekommen fragte ich meine Mama, ob ich noch mit ihr spielen darf. Meine Mutter sagte: „Sobald du deine Hausaufgaben fertig hast, darfst du rübergehen."

„Ach, wann kommt Papa eigentlich wieder?"

„So um siebzehn Uhr. Er wird dir dann sicherlich deine Fahrradkette reparieren. Hoffentlich hat er noch ein Kettenschloss dafür."

Ich beeilte mich so sehr, die Hausaufgaben zu machen, dass sie hinterher nicht besonders ordentlich aussahen. Aber das war mir heute egal, es war nämlich Samstag und ich durfte länger aufbleiben. Das hieß, länger draußen bleiben und mit meinen Freunden spielen zu dürfen.

Mein Papa hatte das Fahrrad repariert: „Es ging ganz schnell, Dagmar!" Danach gab es zum Abendessen Hühnchen mit Erbsen und Kartoffeln. Das ist bis heute mein Lieblingsessen.
Draußen war es warm, ein echter Juliabend. Ich liebte es, abends mit meinen Freunden draußen Völkerball, Verstecken und Hüpfe-Kästchen zu spielen. Es machte viel Spaß, weil Tim und Marius auch noch vorbeigekommen waren.
Marianne hatte mir kurz davor ein Geheimnis anvertraut. Sie erzählte mir, dass sie in Marius verliebt ist. Er kam auch fast jeden Tag zum Spielen, denn er wohnte bei uns in der Nachbarschaft. Ich war dagegen in Tim verliebt. Er war ein sehr guter Freund von mir. Ich wollte es ihm sagen, doch ich hatte Angst, dass er mich nicht so mochte wie ich ihn.

Am Sonntagmorgen hatte ich mich entschlossen, es Marianne anzuvertrauen.

Als ich es Marianne gesagt hatte, sagte sie, dass ich es Tim sagen sollte. Denn sie glaubte, dass er mich auch sehr gern hätte.

Es war ein sonniger Tag, an dem ich mich entschloss, es Tim zu sagen, denn seit ein paar Tagen konnte ich nicht mehr ruhig schlafen. Ich kriegte Tim einfach nicht mehr aus dem Kopf und spürte immer, wenn ich an ihn dachte, ein Kribbeln, das sich anfühlte wie Schmetterlinge, die fröhlich in meinem Bauch tanzten.

Um siebzehn Uhr kam Tim vorbei. Er klingelte an der Tür und mein Herz schlug schneller. Ich drückte die Türklinke herunter und da stand er. Tim kam rein und fragte, ob Marianne auch noch kommen würde. Ich sagte: „Ja, aber sie kommt eine halbe Stunde später, denn sie muss noch ihre Hausaufgaben machen."

Das war gelogen, denn in Wahrheit hatte ich sie längst in den Plan eingeweiht, den ich jetzt gleich umsetzen würde.

„Ehm, ich muss dir was sagen …", begann ich. In meinem Mund wurde es trocken und ich wurde rot.

„Ja, dann sag schon." Er war gespannt und lächelte mich an.

„Nun ja, ehm … ich habe dich sehr gern", sagte ich nervös. Er erwiderte mit großen Augen: „Ich mag dich auch sehr gern, willst du mit mir gehen?"

„Ja, natürlich!", sagte ich überglücklich.

Ich fiel ihm in die Arme und fühlte, wie gern ich ihn hatte. Als Marianne auch gekommen war, spielten wir Völkerball.

Der Rest des Nachmittags verlief genauso schön, wie er bereits begonnen hatte.

„Ich muss jetzt nach Hause", sagte Marianne, als wir unser Glas Wasser nach dem Spiel ausgetrunken hatten. Kurz nachdem Marianne gegangen war, sagte Tim: „Ich sollte jetzt auch gehen." Ich brachtc ihn noch zur Tür. Er lächelte mich an und gab mir einen Kuss auf die Wange.

Super nette Nachbarn

Neele Mathy

Mathis Bartsch

Carmen Pop

Meine Mutter und ich gingen durch die Passage bis zum Ortsausgang, dann über Straßen und Felder zurück zu unserem Haus.

Meine Geschwister und mein Vater erwarteten uns bestimmt schon. Ich wollte meinem Vater und meinen Geschwistern erzählen, was wir alles erlebt hatten. Mein Vater kam stolz auf sein Feld, er hatte das dort noch stehende Gemüse geerntet und es in die Küche gebracht. Meine Mutter kochte daraus in einem großen Topf Gemüsesuppe. Der Topf reicht für einige Tage, um uns satt zu machen, dachte ich erleichtert, weil ich einen Riesenhunger hatte.

Nach dem Essen spielten alle Geschwister bis zur Dämmerung draußen auf der Wiese. Unsere Eltern riefen uns, ins Haus zu kommen. Wir kamen blitzschnell angelaufen, denn unser Vater konnte es nicht leiden, mehrfach zu rufen.

Am nächsten Morgen war es nebelig. Wir gingen trotzdem in den Wald, weil wir Feuerholz für unseren Ofen brauchten. Als wir unsere Körbe voll hatten, gingen wir zurück. Mein Bruder Hannes und meine Schwester Helene stapelten das Feuerholz hinter dem Haus auf, damit es dort noch austrocknen konnte. Mein Vater und ich gingen nochmal in den Wald, weil wir noch nicht genug Feuerholz zusammen hatten. Hannes stapelte das Holz weiter auf. In der Küche half Helene meiner Mutter beim Brotbacken. Während der Zubereitung des Teiges wurde der Ofen kräftig angeheizt, damit der Backofen heiß genug wurde. Als mein Vater und ich aus dem Wald kamen, war das Brot gerade gebacken und das Holz aufgestapelt. Allerdings würden wir mit dem Holz nicht lange auskommen, wir hatten nicht genug gefunden.

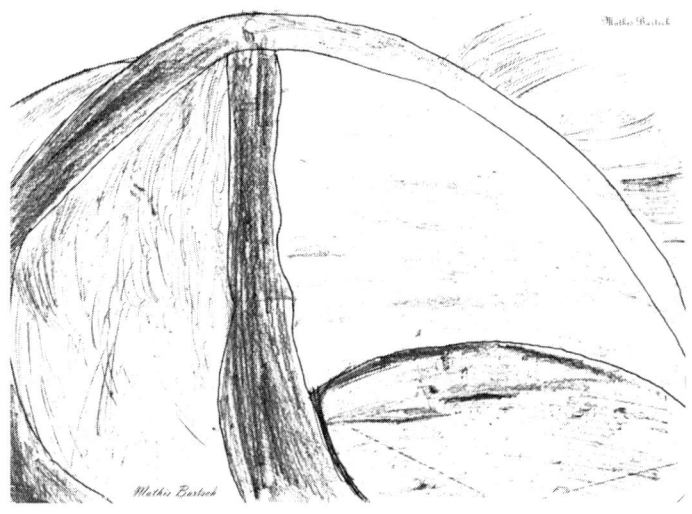

Die anderen warteten auf uns im Haus am Esstisch, der schon gedeckt war. Das noch leicht warme Brot ließ mir das Wasser im Mund zusammenlaufen. Als wir mit dem Essen fertig waren, gingen unsere Eltern an die Arbeit, unser Vater zum Nachbarhof, er versorgte dort die Tiere und arbeitete abends auch als Melker. Unsere Mutter blieb auf unserem Hof. Bei uns fiel nämlich genug Arbeit an. Sie hätte es nicht schaffen können, wenn sie noch eine andere Arbeitsstelle gehabt hätte. Mein Vater brachte abends Milch von seiner Arbeit mit, die bekam er zusätzlich zum Lohn. Am Wochenende hat er uns oft selbst erfundene Geschichten erzählt.

Eines Tages brachte er uns auf eine Idee, etwas aus Holz zu bauen, jeder was Eigenes. Helene baute ein Männchen aus Scheiten vom Feuerholz. Mein Bruder Hannes versuchte einen Kochlöffel zu schnitzen. Ich baute ein Vogelhaus für den Garten. Nach zwei Tagen war alles fertig. Hannes schenkte den Kochlöffel unserer Mutter. Das Männchen von Helene stellten wir vor die Tür. Mein Vogelhaus stellten wir im Garten auf.

Eines Tages fragte unser Nachbar: „Könntest du meiner Frau und mir auch genauso ein Vogelhaus bauen?"

Ich antwortete: „Ja, mach ich gerne." „Wann sollte es denn fertig sein?", fragte ich.

„Ich würde mich freuen, wenn es so in einer Woche fertig ist."

„Das finde ich gut, bis dahin sollte es klappen", erwiderte ich.

„Was soll es denn kosten?", fragte Herr Haferkamp, unser Nachbar. Wir Kinder sagten immer
Herr Haferkamp, unsere Eltern sagten *Ernst* und *du*
zu ihm, seine Frau hieß Guste. In meinem Bett
dachte ich noch mal über die ganze Sache nach
und wie ich das Vogelhaus noch stabiler bauen
könnte.

Nach dem Frühstück am nächsten Morgen legte
ich direkt mit dem Bau des Vogelhauses los. Hannes bettelte sogar, dass ich ihn mitmachen lasse.

„Hol du schon mal Papas Werkzeugkasten", erwiderte ich. In der Zeit, wo Hannes die Werkzeugkis-
te holte, schleppte ich das Holz für den Bau herbei.

57

Weil Hannes mir half, war das Vogelhaus schon nach zwei Tagen fertig. Ich brachte dann es am Tag danach direkt zu den Haferkamps. Sie sagten: „Danke, Helena, das sieht ja super aus."

Als ich wieder nach Hause wollte, gaben sie mir einen kleinen Lohn für meine gute Arbeit und eine Tüte Kekse für uns Kinder. Ich bedankte mich und ging fröhlich wieder nach Hause. Zu Hause machte meine Mutter uns Pfefferminztee. Dazu knabberten wir die mitgebrachten Kekse. Hannes musste dabei sein Erlebnis im Wald loswerden:

„Im Wald ist ein riesiger, alter Baum umgefallen!"

„Wo liegt er denn genau?", fragte mein Vater.

„Hinter dem kleinen Teich, wo im Sommer immer die Libellen sind", antwortete Hannes.

Mutter sagte: „Feuerholz kann man nie genug haben."

Darauf gingen sie sofort mit Johannes in den Wald. Als sie im Wald angekommen waren, gab es eine böse Überraschung. Den umgefallenen Baum hatte schon jemand anderes weggeholt. Nur noch kleinere Äste lagen auf der Erde. Sie sammelten die Äste auf und machten sich wieder auf den Heimweg. Wir lauerten schon am Fenster auf unsere Eltern. Unser Vater sagte: „Wir sind leider zu spät gekommen, der Baum ist schon weg."

Den Haferkamps erzählte unser Vater die Enttäuschung mit dem Baum. Herr Haferkamp kam am nächsten Morgen auf unseren Hof.

„Ich habe noch eine Menge Feuerholz", sagte er.

Mutter fragte, ob er uns einen Korb voll geben könnte.

„Natürlich, ihr könnt euch zwei oder drei Körbe von uns holen", brummte Herr Haferkamp freundlich.

Mein Vater fuhr mit der Schubkarre, um das Holz zu holen. Hannes stapelte das Holz auf, er macht das ganz gerne und keiner von uns Kindern baute so gut liegende Stapel wie er. Am Abend noch sprachen Mama und Papa über die Hilfe von den Haferkamps. Es war schön warm bei uns, da mein Vater zur Feier des Tages auch den Kachelofen angemacht hatte. Helene, Hannes und ich gingen ins Bett. Wir wussten, dass wir morgen im Wald wieder Holz suchen würden, aber zu Hause würde es warm sein und Mutter würde für uns auch etwas gekocht haben, hoffentlich etwas besonders Leckeres.

Dort oben

Laureen Peternathe   Helena Tewes

Meinen Vater habe ich nie gesehen und an meine Mutter habe ich nur eine schwache Erinnerung. Ich weiß nur, was andere mir erzählt haben. Außerdem habe ich nur einige kleine Fotos und Briefe. Aber ich weiß, dass sie Susanne und Marius hießen. Ich liebe sie über alles.

1942. Mitten im 2. Weltkrieg. Susanne war Krankenschwester und arbeitete in einem hoch angesehenen Krankenhaus. Sie liebte ihren Job. Sie freute sich jedes Mal, wenn ein neues Leben auf die Erde kam. Aber genauso traurig war sie, wenn andere Menschen gehen mussten. Diesen Anblick hatte sie jeden Tag, doch daran hatte sie sich in ihrem Leben nie gewöhnt. Besonders deshalb, weil sie die Letzte aus ihrer Familie war. Ihre Mutter verstarb an Krebs und ihr Vater kurz danach im Krieg. Geschwister hatte sie nicht. Auf ihrer Arbeit lernte sie einen Mann kennen, mit dem sie sich super verstand. Marius war sein Name. Er war ein sehr erfolgreicher und beliebter Arzt. Auch er liebte seinen Job. Menschen, das Leben zu retten und den doch so traurigen Gesichtern ein Lächeln zu entlocken, liebte er besonders. Umso schwerer fiel es ihm, wenn er keinen Erfolg hatte. Auch wenn er wusste, dass er immer alles versuchte, plagten ihn immer wieder Schuldgefühle. Susanne half ihm meist in so schweren Zeiten sehr, da sie ihn verstand. Weil sie genauso dachte wie er. Weil sie genauso fühlte.

Nach nicht allzu langer Zeit kamen die beiden zusammen. Im Krankenhaus erzählten sie es niemandem. „Wir halten es geheim", beschlossen sie gemeinsam. Natürlich bekamen es ihre Arbeitskollegen heraus und sie freuten sich sehr für die beiden.

Zwei Jahre vergingen. Sie waren bereits zusammengezogen und führten ein tolles und glückliches Leben. Sie arbeiten immer noch im Krankenhaus. Nichts und niemand könnte die beiden trennen, haben sie gedacht.

Eines Abends bekamen sie jedoch diese eine Nachricht, die alles veränderte. Marius musste nach Frankreich, um dort den Kriegsverletzten zu helfen. Sie hatten dort nicht genug Ärzte, weshalb sie Hilfe brauchten.

„Ich werde mit dir gehen", beschloss Susanne.

„Nein, du musst hierbleiben und dich um unser Kind kümmern, wenn es geboren ist." Es stimmte. Die beiden erwarteten ein Kind. Mich.

„Und wenn es niemals ihren Vater kennenlernen wird?", sagte sie mit Tränen in den Augen.

„Das wird es. Ich werde wiederkommen und dann heiraten wir", versprach er ihr.

Am übernächsten Tag musste er mit dem Flugzeug fliegen. In der Zeit, wo sie sich nicht sahen, schrieben sie sich viele Briefe. Sie bedeuteten Susanne viel, weshalb sie diese nicht wegwarf. Jeden Tag nicht zu wissen, ob es Marius gut ging oder ob er überhaupt noch lebte, belastete sie. Das Einzige, was sie noch von ihm hatte, war das Kind, das sie über alles liebte.

Liebe Susanne!
Ich fragte mich schon immer, wie unser Kind wohl sein wird. Wie es sich anfühlt, ein Kind zu bekommen, oder ob es vielleicht weh tut. Diese Fragen stellte ich mir immer öfter, als mir bewusst wurde. Dass es vielleicht nicht mehr lange dauern wird, bis ich meine Erfahrungen gemacht habe. Dies könnte mein letzter Brief sein. Diese Ungewissheit ist schrecklich. Ich versuche zu überleben. Ich versuche, nach Hause zurückzukehren. Bitte sage unserer Tochter, dass sie niemals allein sein wird. Sag ihr, dass sie sich niemals zu fürchten braucht, und sag ihr, dass ich sie über alles liebe, denn ich werde über sie wachen, egal ob ich lebendig bin oder tot. Gott wache über euch.
In Liebe, Marius.
Er hatte Recht. Nach diesem Brief folgte keiner mehr. Eine Bombe fiel direkt auf das Kranken-

haus, wo er gearbeitet hatte. Für Susanne brach eine Welt zusammen. Es hatte ihr zwar noch niemand bestätigt, doch sie wusste es. Ich war zwar noch fast ein Baby, aber ich erinnere mich noch genau daran, wie Mama abends an meinem Bettchen saß und weinte. Ich verstand damals nicht warum, doch jetzt weiß ich es. Er war ein großartiger Mann. Er ist nicht umsonst gestorben. Mein Papa hat keine Sekunde an sich selbst gedacht. Er wollte die Menschen retten. Sich selber konnte er aber leider nicht vor dem Tod bewahren.

Seit diesem Tage hatten wir kein so leichtes Leben mehr. Da meine Mutter sich immer weniger auf die Arbeit konzentrierte, verlor sie ihren Job. Ihr Chef entließ sie mit schwerem Herzen, weil sie von allen im Krankenhaus geliebt worden war. Also suchte sie sich einen neuen Job. Sie bekam nicht besonders viel Geld. Obwohl wir fast nichts zu essen hatten, wurde ich jeden Abend satt. Obwohl wir kaum Geld hatten, besorgte sie mir neue Kleidung und obwohl sie selber so unglücklich war, schaffte sie es immer wieder, mir ein Lächeln ins Gesicht zu zaubern. Diese Frau war eine Kämpferin. Sie gab alles dafür, mich glücklich zu machen. Ich war noch ein kleines Kind, weshalb ich mich für das alles nicht bedanken konnte. Wenn ich es jetzt noch könnte, würde ich es tun.

Mama ging es immer schlechter. Sie wurde schwer krank. Wie ihre Mutter bekam sie Krebs. Nur ein halbes Jahr dauerte es, bis sie für immer ihre Augen schloss. Ich hatte ihr gewünscht, nicht noch länger zu leiden. Wenn sie aber später gestorben wäre, hätte ich sie noch besser kennenlernen können.

Ich kam bei Freunden unter, die meine Eltern aus dem Krankenhaus kannten. Diese erzählten mir die Geschichte von Mama und Papa, als ich älter geworden war. Warum ich die Geschichte glaube? Ganz einfach, weil ich weiß, dass sie wahr ist. Die Freunde meiner Eltern gaben mir auch die Briefe, die meine Mutter aufbewahrt hatte. Bis heute behalte ich sie in Ehren. Meine Adoptiveltern zogen mich liebevoll auf und brachten mir alles Notwendige bei. Eine Sache konnten sie mir jedoch nicht zurückgeben. Meine Eltern!
Ich bin stolz auf zwei Menschen, die gekämpft haben, mich großziehen zu dürfen. Das alles ist jetzt bald 70 Jahre her und ich erzähle die Geschichte immer noch. Ich habe selbst Kinder und Enkelkinder, denen ich auch immer mit auf den Weg gebe, nicht zu sehr an sich selber zu denken und für das, was man liebt, zu kämpfen. Als ich mein erstes

Kind bekam, verstand ich, warum meine Eltern das alles für mich getan haben.

Dort oben zwischen den Sternen warten die beiden bestimmt schon auf mich.

Bleib doch hier

Isabel Teckentrup

Jolina Rüschhoff

Sabine Kanigowski

Henrike Hoppe

Lisa Lengenfeld

Ein lauter Knall riss mich aus dem Schlaf. Ich rannte hektisch in das Zimmer meiner Eltern, um zu fragen, ob etwas im Haus explodiert sein könnte.

Jolina Rüschoff

„Es war ein Granateneinschlag", sagte mein Vater, „der Krieg hat begonnen." Ich erschrak sehr, da ich wusste, dass ich nun auch in den Krieg müsste. Ich schaute aus dem Fenster und sah viele bewaffnete Soldaten auf unser Haus zukommen. Sie verlangten, dass meine beiden älteren Brüder und ich mitzukommen hätten, sonst nähmen sie der Familie alles weg. Ich wehrte mich und wurde zweimal geschlagen. Dabei wurde ich bewusstlos. Als ich wieder zu mir kam, lag ich gefesselt in einem kalten, leeren Raum. Meine Brüder waren auch dort, denn sie hatten versucht, mir zu helfen. Sie wollten uns zwingen, Soldaten zu werden, aber wir wollten keine anderen Menschen töten. Falls wir dazu nicht bereit wären, würde man uns erschießen.

Johna Rüschoff

Es war ein einfaches Lagerhaus, in das man uns eingesperrt hatte. Wir wollten von hier fliehen. Unser Plan war es, in Österreich ein neues Leben zu beginnen. An diesem Tag regnete es viel und auch stark, aber das hielt uns nicht davon ab, jetzt auszubrechen. Uns gelang es mit Mühe, aus dem Haus zu klettern. Im Dauerregen waren auch die Bergpfade abseits von den Straßen aufgeweicht und sehr rutschig. Als wir kurz vor unserem Ziel waren, mussten wir nur noch einen riesigen Berg überqueren. Den Weg über den Pass konnten wir nicht nehmen, um von keiner Streife festgenommen zu werden, die dort den Weg kontrollierte. Oberhalb am steilen Berghang suchten wir uns einen Pfad über die österreichische Grenze. Wir hatten die Seile, mit denen man uns gefesselt hatte, mitgenommen und uns damit angeleint. Das Seil von mir zu meinem Bruder riss, als er vom Weg stolperte und stürzte. Er zog meinen anderen Bruder an dem anderen Seil mit in den Tod. Ich war wie versteinert und kroch einfach den Pfad weiter. Irgendwann hatte ich den Berg hinter mir. Es stürmte und regnete immer noch und ich kam auf einem steilen Weg ins Rutschen und konnte mich nicht wieder auffangen.

Was dann passierte, weiß ich nicht mehr. Meine Erinnerung setzte erst wieder ein, als ich in einem warmen Bett im Krankenhaus in Österreich lag. Dort versorgten mich freundliche Krankenschwestern, eine davon war Schwester Sibylle.

Sie brachte mein Essen und kümmerte sich besonders um mich. Ich freute mich jeden Tag, wenn sie zu mir kam. Sie war jung und ich fand sie wunderschön. Bald hatte ich mich in sie verliebt.

Einige Zeit verging und es ging mir so gut, dass ich entlassen werden sollte. Um mich richtig zu verabschieden, schrieb ich Sibylle einen Brief, in dem stand, wie sehr ich sie liebte. Sie las den Brief in meinem Krankenzimmer und hatte Tränen in den Augen. Dann umarmte sie mich und flüsterte mir ins Ohr: „Auch ich liebe dich."

Sibylle nahm sich von der Arbeit frei und wir gingen zusammen Eis essen.

Ich erzählte ihr, weshalb ich ins Krankenhaus gekommen war.

Als Sibylle das hörte, wurde sie traurig und sagte: „Komm doch zu mir, dort wirst du erst mal für ein paar Tage bleiben dürfen." Zwei Tage vergingen und ich wollt mir nun ein eigenes Zimmer mieten. Sibylle meinte jedoch, ich sollte bei ihr bleiben.

Wie alles begann

Amelie Eifler

Marie Schmidt

„Happy birthday to you, happy birthday to you, happy birthday, liebe Anna,
happy birthday to you. Herzlichen Glückwunsch zu deinem elften Geburtstag, mein Schatz", sagte die Mutter und drückte ihre Tochter. Mein Gott, schon elf Jahre!"

„Jetzt bist du schon ein großes Mädchen!", sagte der Vater mit Tränen in den Augen.

„Jetzt komm erst mal nach unten zum Geburtstagsfrühstück, denn da erwarten dich auch schon deine Geschenke!"

„Oh, ja! Wartet kurz, ich bin sofort fertig!"

Als Anna unten ankam, sah sie den Tisch mit den vielen Geschenken. Sie war total überwältigt. Damit hatte sie nicht gerechnet. Mitten beim Geschenkeauspacken unterbrach sie ihre Mutter und sagte, dass Oma und Opa zum Kaffee kommen würden und auch die Uroma mitbringen wollten.

Anna freute sich riesig, denn sie hatte ihre Großeltern schon länger nicht mehr gesehen!

Um drei Uhr klingelte es an der Tür. Anna stürmte zur Tür, riss sie auf. Sie umarmte fest ihre Großeltern und ganz vorsichtig ihre Urgroßmutter, denn die musste sich fest auf ihren Spazierstock stützen.

„Ja herzlichen Glückwunsch, Anna, und alles Gute zu deinem Geburtstag!", sagten die drei. „Danke, kommt rein, es ist alles fertig!", erwiderte Anna.

Als alle am Tisch saßen, fing Anna an ihrer Uroma Fragen zu stellen. Es drehte sich rund um das Leben, als ihre Großmutter noch ein junges Mädchen war. Anna wollte wissen, wie damals alles anfing. Ihre Urgroßmutter fing an zu erzählen:

„Kind, du musst wissen, dass unser Leben schwierig wurde. Deutschland hatte einen Diktator als Staatsoberhaupt: einen Mann namens Hitler. Er war schrecklich ungerecht, grausam gegenüber Juden, Ausländern und allen Menschen, die keine reinen Deutschen waren. Alle, die nicht seine Ansichten vertraten, hatten große Nachteile zu erwarten. Sie wurden oft ohne Gerichtsurteile in Gefängnissen oder Lagern festgehalten. Dann wurde ein großer Krieg vorbereitet, der von 1939 bis 1945 gedauert hat. Am Ende war Hitler tot, aber Deutschland lag weitgehend in Schutt und Asche und es gab kaum eine Familie, in der keine Toten zu beklagen waren. Man lebte früher in ständiger Angst, denn es konnte jede Minute deine letzte sein. Das ist ein schreckliches Gefühl!"

„Oh, Oma, das muss ja schrecklich gewesen sein! Aber erzähle bitte weiter."

„Ja, ist ja gut. Also, du musst wissen, eine Situation kurz vor dem Ende des Krieges werde ich nie vergessen. Deine Großmutter war noch ein Baby. Sie war gerade eingeschlafen. Es war ein schrecklicher

Tag gewesen, von elf bis ein Uhr hatte es Bombenalarm gegeben. Das ganze Viertel um den Bahnhof war zerstört. Ich habe dann Stunden gebraucht, um meine kleine Tochter zu beruhigen, um sie zum Schlafen zu bringen!

Als sie dann gerade eingeschlafen war, heulten die Sirenen. Bombenalarm! Ich überlegte blitzschnell: Lasse ich das übermüdete Kind schlafen oder wecke ich es auf? Dann griff ich doch nach ihr, nahm das verschlafene Kind auf den Arm und rannte in den Keller. Dort hatten wir einen Schutzraum gegen die Bombenangriffe einrichten müssen. Unten angekommen, hörte ich einen lauten Knall und es fiel Putz von der Decke.

Nach einer Weile gaben die Sirenen Entwarnung. Wir durften wieder den Schutzraum verlassen. Ich rannte schnell und voller Sorge nach oben. Überall gab es Schutt auf den Böden und der Treppe. Im Kinderschlafzimmer stellte ich mit Erschrecken fest, dass das Bettchen, in dem deine Oma noch kurz vorher gelegen hatte, von Bombensplittern getroffen war. Es sah aus wie ein Holzhaufen. Ich musste mich erst mal hinsetzen. Mit Schrecken wurde mir jetzt klar: Wenn ich deine Oma hätte weiterschlafen lassen, dann … dann wäre sie jetzt tot gewesen. Das war schrecklich! Doch ich hatte keine Zeit, mich zu beruhigen. Schnell nahm ich deine Oma wieder auf den Arm und brachte sie ins Elternschlafzimmer, welches kaum Schäden davongetragen hatte.

Nun tröstete und streichelte ich mein völlig verstörtes Kind, bis es eingeschlafen war. Dann hieß es, den Schutt und den Dreck zu beseitigen und die Wohnung provisorisch wiederherzurichten, denn wir hatten keine Hölzer oder Bretter mehr, um das Haus richtig aufzubauen! Obendrein war dein Uropa auch nicht hier, er kämpfte ja als Soldat an der Front. Obwohl ich so froh war, dass meine Tochter lebte und gesund war, wurde das Leben für uns immer schwieriger.

Aber davon möchte ich euch nicht mehr erzählen, denn es wurde ja später wieder alles besser und heute ist doch ein Glückstag! Denn du, Anna, hast heute deinen elften Geburtstag und es ist dein ganz großer Tag!"

Die Strafe der Nonne

Ezra Cetinkaya

David Weinert

Hannah Dickmann

Sophie Lohmann

Jana Mandelkow

Mein kleiner Bruder hörte gerade Sandmännchen
im Radio, als eine tiefe Männerstimme erklang. Sie
erzählte, dass der Krieg zu Ende war.

Ganz Bielefeld fing an zu jubeln, denn nun würden
keine Bomben mehr abgeworfen und man brauch-
te nicht mehr in die Luftschutzbunker zu gehen.
Wir fuhren am nächsten Tag mit unserem Traktor
in die Stadt. In der Stadt sah ich meine Freunde,
die direkt auf mich zu rannten. Alle redeten durch-
einander und wollten wissen, wie es den anderen
ergangen war. Ich erzählte aufgeregt, dass ich vor
einigen Tagen einen Piloten in einem Tiefflieger

gesehen hatte, der über unser Haus flog. Ich konnte mich noch eben in einem Gebüsch verstecken. Denn sie waren hochgefährlich, in der letzten Zeit waren oft einzelne Personen aus den Flugzeugen heraus erschossen worden.

Nachdem wir unsere Gespräche beendet hatten, spielten alle Kinder mit uns Handball. Am Ende des Tages feierte die ganze Stadt, obwohl die meisten nur wenig zu essen und zu trinken hatten. Es war dann schon mitten in der Nacht, als wir fröhlich nach Hause fuhren.

Als wir zu Hause ankamen, fiel ich müde in mein Bett. Ich träumte wunderschön von einem Garten, in dem ein kräftiger junger Mann mich in seine Arme nahm.

Am nächsten Tag dachte ich, dass ich immer noch träumte, als ich einen hübschen jungen Mann auf der Straße sah. Ich wagte nicht, ihn anzusehen, und ging mit gesenktem Kopf weiter. Plötzlich stieß ich an einen Menschen, ich blickte erschreckt hoch und direkt in die dunkelblauen Augen des unbekannten Mannes.

Als ich wieder einen klaren Kopf hatte, entschuldigte ich mich. Er sagte: „Keine Ursache!"

Dann redeten wir etwas miteinander. Ich wollte gerne wissen, wie er hieß. Er sagte mit seiner freundlichen Stimme: „Ich heiße Hubert. Wie heißt du?", fragte er.

„Ich heiße Roswitha! Hast du Lust, mit mir nächste Woche zum Schlachtfest zu gehen?", fragte ich.

Er antwortete mit einem breiten Lachen: „Warum nicht?"

Am Abend, als das Schlachtfest veranstaltet wurde, wartete ich sehnsüchtig auf Hubert. Als ich aus dem Fenster auf die Straße blickte, sah ich ihn mit meiner Nachbarin Händchen halten. Ich blieb bedrückt zu Hause. Ich schwor mir, dass ich die Liebe für immer vergessen würde.

An meinem 17. Geburtstag radelte ich mit meinen Freundinnen zum See an den Externsteinen. Wir verbrachten am See viel Zeit, weil es uns dort gut gefiel – auch ohne irgendwelche Jungen.

Jana Mandelkow

Ein halbes Jahr danach lernte ich Johannes kennen. Zwei Tage später schickten mich meine Eltern überraschend nach Paderborn, um Nähen und Stricken zu lernen. Dort war gerade noch ein Platz in der Schule frei geworden. Ich konnte mich von Johannes gar nicht mehr verabschieden. Das war bitter. Wir haben uns nie mehr wiedergesehen. Denn an einen Jungen zu schreiben, hätten die Nonnen nicht genehmigt und meine Eltern hätten mich nicht unterstützt.

Bei den Nonnen habe ich viel gelernt, aber sie waren sehr streng zu uns Mädchen.

Glücklicherweise wurde ein Mädchen schnell eine echte Freundin – Susanne.

Im Schlafsaal hatte sie das Bett neben mir. Da wir immer um acht Uhr schlafen gehen mussten, aber meist noch nicht schlafen konnten, redeten wir noch eine Weile. Plötzlich hörten wir Schritte auf dem Flur. Sofort taten wir so, als ob wir schon fest schliefen. Die Tür ging auf und unsere Obernonne trat ein. Mit ihrer Taschenlampe leuchtete sie das ganzes Zimmer ab. Meine Freundin Susanne musste auf einmal niesen. Wir dachten, dass sie nichts bemerkt hat, zum Glück. Denn sie bestrafte jede Übertretung der Regeln, oft gab es Hiebe mit einem dünnen Stock auf den Rücken. Sie schlug so gemein, dass es richtig weh tat.

Am nächsten Morgen wollte ich in die Küche und die Obernonne stand vor mir. Sie guckte mich

streng an und sagte: „Denkst du, ich habe es nicht
bemerkt? Geh und hol Susanne, ihr beiden werdet
den Abwasch machen. Aber glaubt ja nicht, dass
das alles ist!" Dann marschierte sie heraus in den
Hof. Sie hatte den Stock hinter sich auf dem Rücken. Ich wollte gerade Susanne aus dem Hof holen, als ich ein Schreien draußen wahrnahm. Es
war Susannes Stimme. Ich drehte mich um, da sah
ich es …

Der Silvesterabend

Lutz Oßenbrink

Celina Libor

Maya Stahlschmidt

Joel Brysch

Es war Silvester, kurz vor Mittag. Nervös lief ich hin und her, stieg auf einen Hocker, um näher an die hoch hängende Wanduhr zu kommen. Ich wollte ihre Zeiger ganz genau sehen. Mit jedem Tick-Tack rückte ihr großer Minutenzeiger ein winziges Stück weiter.

„Vater, wann kommen denn endlich Oma und Opa?", fragte ich.

„Olaf, es ist doch noch viel zu früh", erwiderte mein Vater.

Ich ging in die Küche. „Mutter, kann ich dir helfen?"

Darauf antwortete meine Mutter: „Ja … Du kannst mal Holz für den Kamin von draußen holen!"

„Na ja, ich wollte dir eigentlich in der Küche helfen, aber ich gehe trotzdem."

Kaum war ich wieder im Haus, klingelte es an der Tür.

„Endlich! Oma und Opa sind da!", rief ich und lief zur Tür. Ich öffnete und sah enttäuscht, dass es nur Friedrich war, der mich etwas fragen wollte: „Olaf möchtest du mit uns spielen? Die anderen sind auch schon da."

„Ja, ich komme sofort, ich muss mir nur noch Schuhe anziehen", antwortete ich und lief dann nach draußen.

Eine Stunde später kam ich wieder herein. Schnell lief ich in mein Zimmer und zog mich um. Da ich mir das Zimmer mit meiner kleinen Schwester Carla teilte, musste ich leise sein. Sie hielt gerade ihren Mittagsschlaf.

Plötzlich klingelte es an der Tür. Blitzschnell war Carla aus dem Bett geklettert und tapste die Treppe hinunter. Sie versuchte an die Türklinke zu gelangen, aber sie schaffte es nicht. Ich half ihr und sah, dass es diesmal wirklich Oma und Opa waren. Sie guckten sich sofort die Spielsachen an, die wir zu Weihnachten bekommen hatten. Dann gingen wir alle zusammen in unser großes Esszimmer und aßen Kuchen. Carla und ich bekamen Saft, die Erwachsenen tranken echtes Bohnenkaffee. Als wir fertig waren, verschwand meine Mutter in der Küche und bereitete das Essen für den Abend vor.

„Olaf, tust mit mir pielen?", fragte Carla.

„Ja, mache ich", antwortete ich.

„Ich hol Puppi", sagte Carla.

Nachdem wir mit den Puppen gespielt hatten, gab es Abendessen. Wir bekamen Kartoffelbrei und Sauerkraut, auf dem viele Heißwürstchen lagen. Würstchen bekamen wir nicht oft. Wir Kinder durften uns sogar, als wir unsere Wurst gegessen hatten, eine zweite teilen.

Als wir satt waren, knobelten wir alle gemeinsam. Oma gewann meistens und hatte dabei richtig Spaß. Carla hatte beim Würfeln auch viel Glück. Wir mussten aber für sie zählen, weil sie das noch nicht richtig konnte. Beim Spielen aßen wir zwischendurch die Kekse und Plätzchen auf, die von Weihnachten übriggeblieben waren.

Nun war es 23:30 Uhr geworden. Mein Vater holte die Tüten mit den Wunderkerzen. Wir waren sehr aufgeregt und gingen nach draußen. Dort warteten schon die Nachbarskinder.

Opa zeigte uns seine Taschenuhr mit dem kleinen Sekundenzeiger. Es waren noch 10 Sekunden bis Mitternacht. Wir zählten alle zusammen runter: „10, 9, 8, 7, 6, 5, 4, 3, 2, 1, 0!" Da zischte die erste

Rakete schon in den Himmel. Papa verteilte die Wunderkerzen. Jeder hatte eine in der Hand und mein Vater zündete sie mit seiner brennenden Wunderkerze an.

Auf einmal fing Carla an zu schreien, so laut, dass die ganze Nachbarschaft zu uns hinüberguckte.

„Carla was ist los?", fragte meine Mutter erschrocken.

„Aua! Aua! Carla an Feuer macht hat", heulte meine kleine Schwester.

„Oh, nein! Carla! Schnell zum kalten Wasser in die Küche! Deine ganze Hand ist rot und hat Brandblasen!", rief mein Vater aufgeregt und trug Carla

in die Küche und hielt ihre Hand unter fließendes
Wasser. Bei einem Nachbarn war ein Arzt zu Be-
such. Der wurde in die Küche geholt. Er sagte:
„Ich kann mir die Hand mal anschauen.“
„Ja, tun Sie das bitte“, antwortete meine Mutter.
Sie hatte vor Aufregung rote Flecken im Gesicht.
„Es tut nicht weh, ich drehe nur ein wenig deinen
Arm, Kind.“ Zu Mutter sagte er: „Die Salbe, die
ich brauche, habe ich in der Praxis. Ich fahre mit
dem Fahrrad schnell hin und hole sie. In der Zeit
müssen Sie die Hand weiter mit kaltem Wasser
kühlen!“
Bis er wiederkam, war ziemlich viel Zeit vergan-
gen. Jedenfalls kam mir das so vor. An Carlas
Hand waren die Brandblasen größer geworden.
Das kalte Wasser hatte aber den Schmerz ziemlich
betäubt und so nickte sie mit Tränen in den Augen
in Vaters Arm halb ein. Der passte genau auf, dass
die Hand im Wasser ruhig liegen blieb.
Der Arzt schmierte vorsichtig die Salbe auf Carlas
Hand und wickelte einen lockeren Verband darum.
Mama und Papa haben dann Carla ins Bett gebracht. Mutter setzte sich so lange daneben, bis
Carla ruhig schlief. Ihr Arm lag auf der Bettdecke
und die verletzte Hand möglichst frei.
Opa war mit Papa und mir noch einmal nach
draußen gegangen.

Immer wurden noch in der Nachbarschaft Feuer-werksböller gezündet. Oma wartete an der offenen Wohnzimmertür auf Mutter.

Selma Libor

Als wir nach einiger Zeit immer noch in den Ster-nenhimmel schauten, kam meine Mutter nach draußen. Sie sah ganz müde aus und sagte leise: „So … Olaf, du musst jetzt auch ins Bett."
„Och nein, noch nicht", sagte ich.
„Doch, Friedrich und die anderen sind auch schon im Bett", versuchte Mama mich zu überzeugen. Sie schaffte es auch: „Ja, ich gehe ja schon."
Ich ging rein. Mit nackten Füßen ging ich zu mei-nem Bett, um Carla nicht wach zu machen.